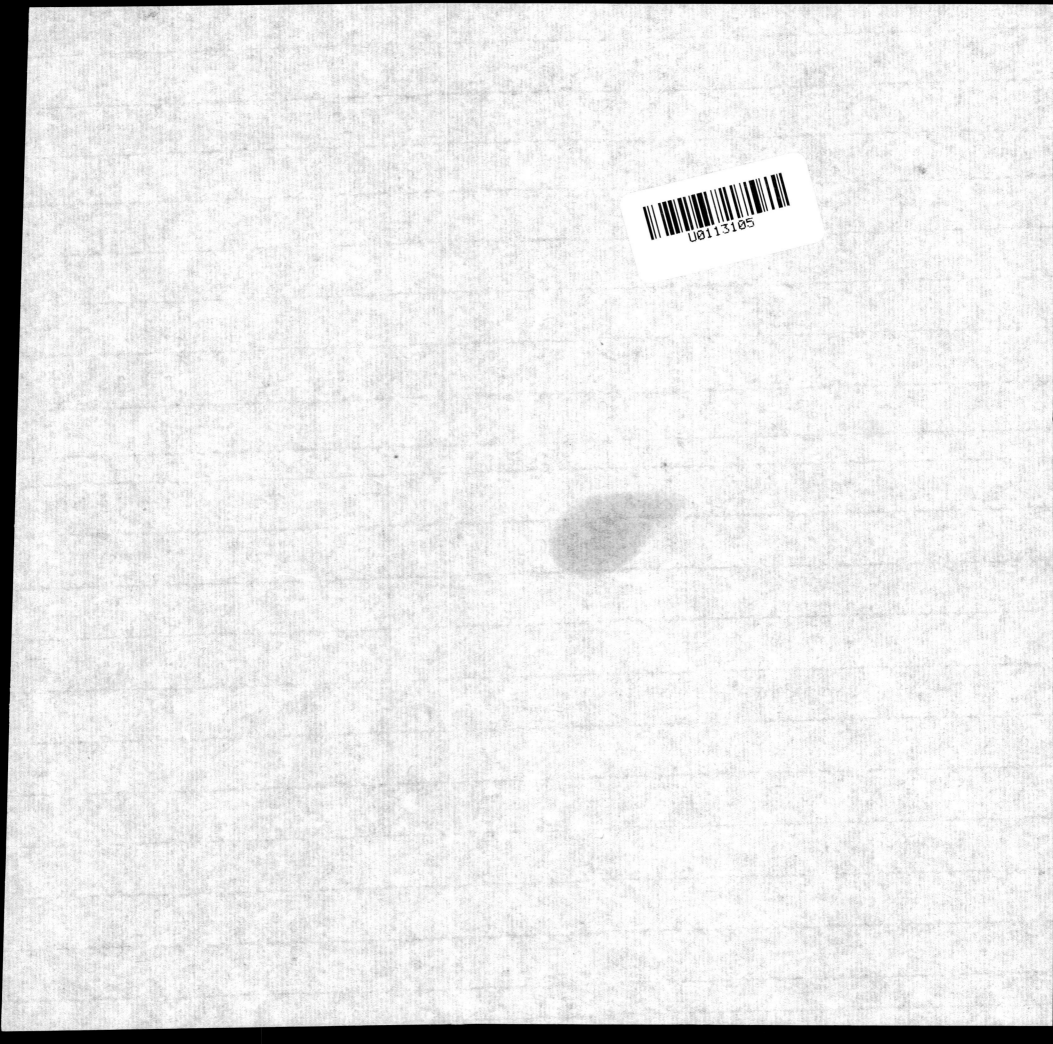

清·蒲松齡著

聊齋志異

七册

黄山書社

聊齋志異卷七

淄川　蒲松齡　留仙　著

新城　王士正　貽上　評

翩翩

羅子浮汾人父母俱早世八九歲依叔大業業爲國子左廂富有金繒而無子愛羅若己出十四歲爲匪人誘去作狹邪遊會有金陵娼僑寓郡中生悅而惑之娼返金陵生竊從逝去居娼家半年牀頭金盡大爲姊妹行齒冷然猶未遽絕之無何瘡創潰臭沾染牀席逐而出

丐於市市人見輒遙避自恐死異域乞食西行日三四十里漸至汾界又念敗絮濃穢無顏入里門尚趑趄近邑間日既暮欲趨山寺宿遇一女子容貌若仙近問何適生以實告女曰我出家人居有山洞可以下榻頗不畏虎狼生喜從往入深山中見一洞府入則門橫溪水石梁駕之又數武有石室二光明徹照無須燈燭命生解懸鶉浴於溪流曰濯之創當愈又開幛拂褥促寢曰請即眠當爲郎作袴乃取大葉類芭蕉剪綴作衣生臥視之製無幾時摺疊牀頭曰曉取著之乃與對榻寢生

浴後覺創瘍無苦既醒摸之則痂厚結矣詰旦將興心疑蕉葉不可著取而審視綠錦滑絕少間具餐女取山葉呼作餅食之果餅又剪作雞魚烹之皆如眞者室隅一罌貯佳醞輒復取飲少減則以溪水灌益之數日創痂盡脫就女求宿女曰輕薄兒甫能安身便生妄想生云聊以報德遂同臥處大相歡愛一日有少婦笑入曰翩翩小鬼頭快活死薛姑子好夢幾時做得女迎笑曰花城娘子貴趾久弗涉今日西南風緊吹送來也小哥子抱得未曰又一小婢子女笑曰花娘子瓦窰哉那弗

將來曰方嗚之睡卻矣於是坐以款飲又顧生曰小郎君焚好香也生視之年廿有三四綽有餘妍心好之剝果悞落案下俯假拾果陰捻翹鳳花城他顧而笑若不知者生方怳然神奪頓覺袍袴無溫自顧所服悉成秋葉幾駭絕危坐移時漸變如故竊幸二女之弗見也少頃酬酢間又以指搔纖掌城坦然笑謔殊不覺知突突怔忡間衣已化葉移時始復變由是慚顏息慮不敢妄想城笑曰而家小郎子大不端好若弗是醋葫蘆娘子恐跳迹入雲霄去女亦哂曰薄倖兒便直得寒凍殺相

與鼓掌花城離席曰小婢醒恐啼腸斷矣女亦起曰貪引他家男兒不憶得小江城啼絕矣花城既去懼貽誚責女卒晤對如平時居無何秋老風寒霜零木脫女乃收拾落葉蓄旨御冬顧生肅縮乃持襆掇拾洞口白雲爲絮複衣著之溫煖如襦且輕鬆常如新綿逾年生一子極慧美日在洞中弄兒爲樂然每念故里乞與同歸女曰妾不能從不然君自去因循二三年兒漸長遂與花城訂爲姻好生每以叔老爲念女曰阿叔臘故大高幸復強健無勞懸耿待保兒婚後去住由君女在洞中輒以葉寫書教兒讀兒過目即了女曰此兒福相放教入塵寰無憂不至臺閣未幾兒年十四花城親詣送女女華妝至容光照人夫妻大悅舉家讌集翩翩扣釵而歌曰我有佳兒不羨貴官我有佳婦不羨綺紈今夕聚首皆當喜歡爲君行酒勸君加餐既而花城去與兒夫婦對室居新婦孝依依膝下宛如所生生又言歸女曰子有俗骨終非仙品兒亦富貴中人可攜去我不悞兒生平新婦思別其母花城已至兒女戀戀涕各滿眶兩母慰之曰暫去可復來翩翩乃剪葉爲驢令三人跨之

以歸大業已老歸林下意姪已死忽攜佳孫美婦歸喜如獲寶入門各視所衣悉芭蕉葉破之絮蒸蒸騰去乃並易之後生思翩翩偕兒往探之則黃葉滿徑洞口雲迷零涕而返

異史氏曰翩翩花城殆仙者耶餐葉衣雲何其怪也然幃幄誹謔狎寢生雛亦復何殊於人世山中十五載雖無人民城郭之異而雲迷洞口無跡可尋睹其景況眞劉阮返棹時矣

促織

宣德間宮中尚促織之戲歲征民間此物故非西產有華陰令欲媚上官以一頭進試使鬭而才因責常供令以責之里正市中游俠兒得佳者籠養之昂其直居爲奇貨里胥猾黠假此科斂丁口每責一頭輒傾數家之產邑有成名者操童子業久不售爲人迂訥遂爲猾胥報充里正役百計營謀不能脫不終歲薄產累盡會征促織成不敢斂戶口而又無所賠償憂悶欲死妻曰死何裨益不如自行搜覓冀有萬一之得成然之早出暮歸提竹筒絲籠於敗堵叢草處探石發穴靡計不施迄

無濟卽捕得三兩頭又劣弱不中於款宰嚴限追比旬餘杖至百兩股間膿血流離並蟲亦不能行捉矣轉側牀頭惟思自盡時村中來一駝背巫能以神卜成妻具貲詣問見紅女白婆塡塞門戶入其舍則密室垂簾簾外設香几問者爇香於鼎再拜巫從傍望空代祝唇吻翕闢不知何詞各各竦立以聽少間簾內擲一紙出卽道人意中事無毫髮爽成妻納錢案上焚拜如前人食頃簾動片紙拋落視之非字而畫中繪殿閣類蘭若後小山下怪石臥針針叢棘青麻頭伏焉旁一蟆若將跳

舞展玩不可曉然睹促織隱中胸懷摺藏之歸以示成成反復自念得無教我獵蟲所耶細瞻景狀與村東大佛閣逼似乃强起扶杖執圖詣寺後有古陵蔚起循陵而走見蹲石鱗鱗儼然類畫遂於蒿萊中側聽徐行似尋針芥而心目耳力俱窮絕無蹤響冥搜未已一癩頭蟆猝然躍去成益愕急逐趁之蟆入草間躡跡披求見有蟲伏棘根遽撲之入石穴中掭以尖草不出以筒水灌之始出狀極俊健逐而得之審視巨身修尾青項金翅大喜籠歸舉家慶賀雖連城拱璧不啻也上於盆而

養之蠏白栗黃備極護愛留待限期以塞官責成有子九歲窺父不在竊發盆蟲躍擲逕出迅不可捉及撲入手已股落腹裂斯須就斃兒懼啼告母母聞之面色灰死大驚曰業根死期至矣而翁歸自與汝復算耳兒涕而去未幾而成歸聞妻言如被冰雪怒索兒兒渺然不知所往既而得其尸於井因而化怒爲悲搶呼欲絕夫妻向隅茅舍無烟相對默然不復聊賴日將暮取兒藁葬近撫之氣息惙然喜寘榻上半夜復甦夫妻心稍慰但兒神氣癡木奄奄思睡成顧蟋蟀籠虛則氣斷聲吞

亦不復以兒爲念自昏達曙目不交睫東曦既駕僵臥長愁忽聞門外蟲鳴驚起覘視蟲宛然尚在喜而捕之一鳴輒躍去行且速覆之以掌虛若無物手裁舉則又超忽而躍急趁之折過牆隅迷其所往徘徊四顧見蟲伏壁上審諦之短小黑赤色頓非前物成以其小劣之惟彷徨瞻顧尋所逐者壁上小蟲忽躍落衿袖間視之形若土狗梅花翅方首長脛意似良喜而收之將獻公堂惴惴恐不當意思試之鬬以覘之村中少年好事者馴養一蟲自名蠏殼青日與子弟角無不勝欲居之以

爲利而高其直亦無售者逕造廬訪成視成所蓄掩口胡盧而笑因出巳蟲納比籠中成視之龐然修偉自增慚怍不敢與較少年固强之顧念蓄劣物終無所用不如拚博一笑因合納鬬盆小蟲伏不動蠢若木雞少年又大笑試以猪鬣撩撥蟲鬚仍不動少年又笑屢撩之蟲暴怒直奔遂相騰擊振奮作聲俄見小蟲躍起張尾伸鬚直齕敵領少年大駭急解令休止蟲翹然矜鳴似報主知成大喜方共瞻玩一雞瞥來逕進以啄成駭立愕呼幸啄不中蟲躍去尺有咫雞健進逐逼之蟲巳在爪下矣成倉猝莫知所救頓足失色旋見雞伸頸擺撲臨視則蟲集冠上力叮不釋成益驚喜掇置籠中翼日進宰宰見其小怒訶成成述其異宰不信試與他蟲鬬蟲盡靡又試之雞果如成言乃賞成獻諸撫軍撫軍大悅以金籠進上細疏其能旣入宮中舉天下所貢蝴蝶螳螂油利撻青絲額一切異狀徧試之無出其右者每聞琴瑟之聲則應節而舞益奇之上大嘉悅詔賜撫臣名馬衣緞撫軍不忘所自無何宰以卓異聞宰悅免成役又囑學使俾入邑庠後歲餘成子精神復舊自言身

化促織輕捷善鬭今始甦耳撫軍亦厚賚成不數歲田百頃樓閣萬椽牛羊蹄躈各千計一出門裘馬過世家焉

異史氏曰成氏子以蠹貧以促織富裘馬揚揚當其爲里正受扑責時豈意其至此哉天將以酬長厚者遂使撫臣令尹並受促織恩蔭聞之一人飛昇仙及雞犬信夫

王漁洋云宣德治世宣宗令主其臺閣大臣又三楊蹇夏諸老先生也顧以草蟲纖物殃民至此耶抑傳

聞異辭耶

又云狀小物瑰異如此是考工記之苗裔

向果

向果字初旦太原人與庶兄晟友于最敦晟狎一妓名波斯有割臂之盟以其母取直奢所約不遂適其母欲出籍爲良願先遣波斯有莊公子者素善波斯請贖爲妾波斯謂母曰既願同離水火是欲出地獄而登天堂也若妾媵之相去幾何矣肯從奴志向生其可母諾之以意達晟時晟喪偶未婚喜竭貲聘波斯以歸莊聞怒

晟之奪所好也途中偶逢便大詬罵晟不服遂嗾從人折箠笞之垂斃乃去杲聞奔視則兄已死不勝哀憤具造赴郡莊廣行賄賂使其理不得伸杲隱忿中結莫可控訴惟思要路刺殺莊日懷利刃伏於山徑之莽久之機漸洩莊知其謀出則戒備甚嚴聞汾州有焦桐者勇而善射以多金聘爲衛杲無所施其計然猶日伺之一日方伏雨暴作上下沾濡寒戰頗苦既而烈風四起冰雹繼至身忽忽然痛癢不能復覺嶺上舊有山神祠強奔赴既入廟則所識道士在焉先是道士嘗行乞村中

杲輒飯之道士以故識杲見杲衣服濡溼乃以布袍授之曰姑易此杲易衣忍凍蹲若犬自視則毛革頓生身化爲虎道士已失所在心中驚恨轉念得仇人而食其肉計亦良得下至舊伏處見己尸臥叢莽中始悟前身已死猶恐葬於烏鳶時時邏守之越日莊適經此虎暴出於馬上撲莊落齕其首咽之焦桐返而射中虎腹蹷然遂斃杲在錯楚中恍若夢醒又經宵始能行步厭厭以歸家人以其連夕不返方共駭疑見之喜相慰問杲但臥蹇澀不能語少間聞莊信爭即牀頭慶告之杲乃

自言虎即我也遂述其異由此播傳莊子痛父之死也慘聞而惡之因訟果官以其事誕而無據置不理焉

異史氏曰壯士志酬必不生返此千古所悼恨也借人之殺以爲生仙人之術何神哉然天下事之指人髮者多矣使怨者常爲人恨不令暫作虎

鴿異

鴿類甚繁晉有坤星魯有鶴秀黔有腋蝶梁有翻跳越有諸尖皆異種也又有靴頭點子大白黑石夫婦雀花狗眼之類名不可屈以指惟好事者能辨之也鄒平張

公子幼量癖好之按經而求務盡其種其養之也如保嬰兒冷則療以粉草熱則投以鹽顆鴿善睡睡太甚有病麻痺而死者張在廣陵以十金購一鴿體最小善走置地上盤旋無已時不至於死不休也故常須人把握之夜置羣中使驚諸鴿可以免痺敗之病是名夜遊齊魯養鴿家無如公子最公子亦以鴿自詡一夜坐齋中忽一白衣少年叩扉入殊不相識問之荅曰漂泊之人姓名何足道遙聞畜鴿最盛此生平之所好也願得寓目張乃盡出所有五色俱備燦若雲錦少年笑曰人言

果不虛公子可謂盡養鴿之能事矣僕亦攜有一兩頭頗願觀之否張喜從少年去月色冥漠野況蕭條心竊疑懼少年指曰請勉行寓屋不遠矣又數武見一道院僅兩楹少年握手入昧無燈火少年立庭中口中作鴿鳴忽有兩鴿出狀類常鴿而毛純白飛與簷齊且鳴且鬭每一撲必作觔斗少年揮之以肱連翼而去復撮口作異聲又有兩鴿出大者如鶩小者裁如拳集階上學鶴舞大者延頸立張翼作屏宛轉鳴跳若引之小者上下飛鳴時集其頂翼翩翩如燕子落蒲葉上聲細碎類

鼗鼓大者伸頸不敢動鳴愈急聲變如磬兩兩相和間雜中節既而小者飛起大者又顛倒引呼之張嘉歎不已自覺望洋可愧遂揖少年乞求分愛少年不許又固求之少年乃叱鴿去仍作前聲招二白鴿來以手把之曰如不嫌憎以此塞責接而玩之睛映月作琥珀色兩目通透若無隔閡中黑珠圓於椒粒啟其翼脇肉晶瑩臟腑可數張甚奇之而意猶未足詭求不已少年曰尚有兩種未獻今不敢復請觀矣方競論間家人燎麻炬入尋主人回視少年化白鴿大如雞冲霄而去又目前

院宇都渺蓋一小墓樹兩栢焉與家人抱鴿駭嘆而歸試使飛馴異如初雖非其尤人世亦絕少矣於是愛惜臻至積二年育雌雄各三雖戚好求之不得也有父執某公爲貴官一日見公子問畜鴿幾許公子唯唯以退疑某意愛好之也思所以報而割愛良難又念長者之求不可重拂且不敢以常鴿應選二白鴿籠送之自以千金之贈不啻也他日見某公頗有德色而某殊無一申謝語心不能忍問前禽佳否荅云亦肥美張驚曰烹之乎曰然張大驚曰此非常鴿乃俗所言靼韃者也某回思曰味亦殊無異處張悼恨而返至夜夢白衣少年至責之曰我以君能愛之故遂托以子孫何乃以明珠暗投致殘鼎鑊今率兒輩去矣言已化爲鴿所養白鴿皆從之飛鳴逕去天明視之果俱亡矣心甚恨之遂以所畜分贈知交數日而盡

異史氏曰物莫不聚於所好誠然也葉公子好龍則眞龍入室而況學士之於良友賢君之於良臣乎而獨阿堵之物好者更多而聚者特少亦以見鬼神之怒貪而不怒癡也

江城

臨江高生名蕃少慧儀容秀美十四歲入邑庠富室爭女之生選擇良苛屢梗父命父仲鴻年六十止此子寵惜之不忍少拂初東村有樊翁者授童蒙於市肆攜家僦生屋翁有女小字江城與生同甲時皆八九歲兩小無猜日共嬉戲從翁徙去積四五年不復聞問一日生於隘巷中見一女郎艷美絕俗從一小鬟僅六七歲不敢傾顧但斜睨之女停眸若欲有言細視之江城也頓大驚喜各無所言相視呆立移時始別兩情戀戀生故以紅巾遺地而去小鬟拾之喜以授女女亦袖中易以己巾偽謂鬟曰高秀才非他人勿得匿其遺物可追還之小鬟果追付生生得巾大喜歸見母請與論婚母曰家無半間屋南北流移何足匹偶生言我自欲之固當無悔母心中攄拒不自決以商仲鴻鴻執不可生聞之悶然嗌不容粒母大憂之謂高曰樊氏雖貧亦非狙儈無賴者比我請過於其家倘其女可偶也即亦何害高諾之母託燒香黑帝祠詣之見女明眸秀齒居然娟好心大愛悅遂以金帛厚贈之實告以意樊媼謙抑而後

受盟歸述其情生始解顏爲笑逾歲擇吉迎女歸夫妻相得甚懽而女善怒反眼若不相識辭舌嘲啁常常聒於耳生以愛故悉含忍之翁媪稍有所聞心不善也潛責其子爲女所聞大恚詬罵彌加生稍稍反其惡聲女益怒撻逐出戶闔其扉生嚶嚶門外不敢叩闗抱膝宿簷下女自是視若仇其初長跪猶可以解漸至屈膝無靈而丈夫益苦矣翁姑薄讓之女牴牾不可言狀翁姑忿怒逼令大歸樊慚懼浼交好者請於仲鴻仲鴻不許年餘生出遇岳岳把袂邀歸其家謝罪不遑粧女出見夫婦相看不覺惻楚樊乃沽酒欵壻酬勸甚殷無何日暮堅止宿掃別榻使夫婦並寢既曙歸不敢以情告父母惟掩飾而彌縫之由此三五日輒一寄岳家宿而父母不知也樊一日自詣仲鴻初不見廹而後見之樊膝行而請高不承諉諸其子樊言壻昨夜宿僕家不聞有異言高驚問何時寄宿樊具以告高赧謝曰我固不之知耳彼愛之我獨何仇乎樊既去高呼子而罵生但俛首不少出氣言間樊已送女至高曰我不能爲兒女任過不如各有門戶即煩主析爨之盟樊勸之不聽遂

別院居之遣一婢給役爲月餘頗相安翁媼竊慰未幾女漸肆生面上時有指爪痕父母明知之亦忍置不問一日生不堪撻楚奔避父所芒芒然如鳥雀之被鸇毆者翁媼方怪問女已橫撻追入竟卽翁側捉而箠之翁姑沸噪略不顧瞻撻至數十始悻悻以去高逐子曰我惟避囂故析爾爾固樂此又焉逃乎生被逐徙倚殊無所歸高恐其挫折行死令獨居而給食之又召樊來使教其女樊入室開諭萬端女終不聽反以惡言相苦樊拂衣而行誓相絕無何樊翁憤生病與媼相繼而死女恨

之亦不臨弔惟日隔壁譟罵故使翁姑聞高悉置不校生自獨居若離湯火但覺凄寂暗以金啗媒媼李氏納妓齋中往來皆以夜久之女微聞知詣齋嫚罵生力白其誣矢以天日女始歸自此日伺生隙李媼自齋中出適爲所遭爭呼之媼神色變異女益疑謂媼曰明告所作或可宥免若猶隱祕撮毛盡矣媼戰而告曰半月來惟構欄李雲娘過此兩度耳適公子言曾於玉笥山見陶家婦愛其雙翹囑招致之渠雖不貞亦未便作夜度娘成否故未必也女以其言誠姑從寬恕媼欲行又強

止之日既昏呵之曰可先往滅其燭便言陶家至矣媼如其言女郎遽入生喜極挽臂捉坐具道飢渴女嘿不語生暗中索其足曰自山上一覩仙容介介獨戀是耳女終不語生曰夙昔之願今始得遂何可覿面而不識也躬自捉火一照則江城也大懼失色墮燭於地長跪觳觫若兵在頸女摘耳提歸以鍼刺兩股殆徧乃臥以下牀醒則數罵之生已畏若虎狼即偶假以顏色枕席之上亦震慴不能爲人女批頰而叱去之益厭棄不以人齒生日在蘭麝之鄉如犴狴中人仰獄吏之尊也女

有兩姊俱適諸生長姊平善吶於口常與女不相洽二姊適葛氏爲人狡黠善辯顧影弄姿貌不及江城而悍妒與埒姊妹相逢無他語惟各以閫威自鳴得意以故二人最善生適戚友女輒嗔怒惟適葛所知之不禁也一日飲葛所既醉葛嘲曰子何畏之甚生笑曰天下事頗多不解我之畏畏其美也乃有美不及內人而畏與僕等者惑不滋甚哉葛大慚不能對婢聞以告二姊二姊怒操杖遽出生察其狀皃蹝屣欲走杖起已中腰膂三杖三蹶而不能起悞中顱血流如瀋二姊去蹣跚而

歸妻驚問之初以迕姨故不敢遽告再三研詰始具陳之女以帛束生首忿然曰人家男子何煩他撻楚耶更短袖裳懷木杵攜婢逕去抵葛家二姊笑語承迎女不語以杵擊之仆裂袴而痛楚焉齒落唇缺遺矢溲便女既返二姊羞憤遣夫赴愬於高生趨出極意溫郵葛私語曰僕此來不得不爾悍婦不仁幸假手懲創之我兩人何嫌焉女已聞之遽出指駡曰齷齪賊妻子虧苦反竊竊與外人交好此等男子不宜打煞耶疾呼覓杖葛大窘奪門竄去生由此往來全無一所同牕王子雅過

之宛轉畱飲飲間以閨閤相謔頗涉狎褻女適窺客伏聽盡悉暗以巴豆投湯中而進之未幾吐利不可堪奄奄氣息女使婢問之曰再敢無禮否始悟病之所自來呻吟而哀之則菉豆湯已儲以待矣飲之乃止從此同人相戒莫敢飲於其家王有酤肆肆中多紅梅設宴招其曹侶生托文社稟白而往日暮既酣王生曰適有南昌名妓流寓此閒可以呼來共飲衆大悅惟生離席興辭羣曳之曰閫中耳目雖長亦聽睹不至於此因相矢緘口生乃復坐少間妓果出年十七八玉佩丁東雲鬟

掠削問其姓云謝氏小字芳蘭出辭吐氣備極風雅舉坐若狂而芳蘭尤屬意生屢以色授爲衆所覺故曳兩人連肩坐芳蘭把生手指書掌作宿字生於此時欲去不忍欲留不敢心如亂絲不可言喻而傾頭耳語醉態益狂榻上臙脂虎亦並忘之少選聽更漏已動肆中酒客愈稀惟遙座一美少年對燭獨酌有小僮捧巾侍焉衆竊議其高雅無何少年罷飲出門去僮反身入向生曰主人相候一語衆都不知誰何惟生顏色慘變不遑告別匆匆便去蓋少年乃江城僮即其家婢也生從至

家伏受鞭扑從此益禁錮之弔慶皆絕文宗下學生以誤講降爲靑一日與婢語女疑與私以酒罈囊婢首而撻之已而縛生及婢以繡翦翦腹間肉互補之釋縛令其自束月餘補處竟合爲一云女每以白足踏餅拋塵土中叱生摭食之如是種種母以子故偶至其家見子柴瘠既歸痛哭欲死夜夢一叟告之曰勿須憂煩此是前世因江城原靜業和尚所養長生鼠公子前身爲士人偶游其寺悞斃之今作惡報不可以人力回也每早起虔心誦觀音咒一百遍必當有效醒而述於仲鴻與

之夫妻咸遵其教、兩月餘、女橫如故、益之狂縱、聞門外
鉦鼓、輒苗髮出憨態、引眺、千人共指、不爲怪、翁姑共恥
之、然不能禁、腹誹而已、忽有老僧在門外宣佛果、觀者
如堵、僧吹鼓上革作牛鳴、女奔出見人衆無隙、命婢移
行牀、翹登其上、衆目集視之、女爲弗覺也者、踰時僧數
衍將畢、索清水一盂、持向女而宣言曰、莫要嗔、莫要嗔、
前世也非假、今世也非眞、咄、鼠子縮頭去、勿使貓兒尋、
宣已吸水噀射女面、粉黛淫淫、下沾衿袖、衆大駭、意女
暴怒、女殊不語、拭面自歸、僧亦遂去、女入室癡坐、嗒然

若喪、終日不食、掃榻遽寢、中夜忽喚生醒、生疑其將遺
捧進溺盆、女卻之、暗把生臂、曳入衾、生承命、四體驚悚、
若奉丹詔、女慨然曰、使君若此、何以爲人、乃以手撫生
體、每至刀杖痕、嚶嚶啜泣、輒以爪甲自掐、恨不卽死、生
見其狀、意良不忍、所以慰藉之良厚、女曰、妾思和尚必
是菩薩化身、清水一灑、若更肺腑、今回憶曩昔所爲、都
如隔世、妾向時得勿非人耶、有夫妻而不能懽、有姑嫜
而不能事、是誠何心、明日可移家去、仍與父母同居、庶
便定省、絮語終夜、如話十年之別、昧爽卽起、摺衣斂器

婢攜篦躬襆被促生前往叩扉母出駭問告以意母遲回有難色女已偕婢入母從入女伏地哀泣但求免死母察其意誠亦泣曰吾兒何遽爲此生爲細述前狀始悟曩昔之夢驗也喜喚厮僕爲除舊舍女自是承顏順志過於孝子見人則靦如新婦或戲述往事則紅漲於頰且勤儉又善居積三年翁嫗不問家計而富稱巨萬矣生是歲鄉捷女每謂生曰當日一見芳蘭今猶憶之生以不受荼毒願已至足妄念所不敢萌唯唯而已會以應舉入都數月乃返入室見芳蘭方與江城對奕驚

而問之則女以數百金出其籍云余於浙邸得晤王子雅言之竟夜甚詳

異史氏曰人生業果飲啄必報而惟果報之在房中者如附骨之疽其毒尤慘每見天下賢婦十之一悍婦十之九亦以見人世之能修善業者少也觀自在願力宏大何不將盂中水灑大千世界耶

八大王

臨洮馮生傳者忘其名字蓋貴介裔而凌夷矣有漁鼈者負其責不能償得鼈輒獻之一日獻巨鼈額有白點

生以其狀異放之後自將家歸至恒河之側日已就昏見一醉者從二三僮顛跛而至遙見生便問何人生漫應行道者醉人怒曰寧無姓名胡言行道者生馳驅心急置不答逕過之醉人益怒捉袂使不得行酒臭熏人生益不耐力解莫能脫問汝何名囈然而對曰我南都舊令尹也將何爲生曰世間有此等令尹辱寞世界矣幸是舊令尹假新令尹將無殺盡途人耶醉人怒甚勢將用武生大言我馮某非受人撾打者醉人聞之變怒爲懽跟蹡下拜曰是我恩主唐突勿罪起喚從人先歸

治具生辭之不得握手行數里見一小村既入則廊舍華好似貴人家醉人醒稍解生始詢其姓字曰言之勿驚我洮水八大王也適西山青童招飲不覺過醉有犯尊顏實切愧悚生知其妖以其情辭殷渥遂不畏怖俄而設筵豐盛促坐懽飲八王最豪連舉數觥生恐其復醉再作縈擾僞醉求寢八王已喻其意笑曰君得無畏我狂耶但請勿懼凡醉人無行謂隔夜不復記憶者欺人耳酒徒之不德故犯者十九僕雖不齒於儕偶顧未敢以無賴之行施之長者何遂見拒如此生乃復坐正

容而諫曰既自知之何勿改行八王曰老夫爲令尹時沉湎尤過於今日自觸帝怒謫歸島嶼力反前轍者十餘年矣今老將就木潦倒不能横飛故態復作我自不解耳茲敬聞命矣傾談間遠鐘已動八王起捉臂曰相聚不久蓄有一物聊報厚德此不可以久佩如願後當見還也口中吐一小人僅寸餘因以爪掐生臂痛若膚裂急以小人按捺其上釋手已入革裹甲痕尚在而漫漫墳起類瘰核狀驚問之笑而不荅但曰君宜行矣送生出八王自返回顧村舍全渺惟一巨鼈蠢蠢入水而

沒錯愕久之自念所獲必鼈寶也由此目最明凡有珠寶之處黃泉下皆可見即素所不知之物亦隨口而知其名於寢室中掘得藏鏹數百用度頗充後有貨故宅者生視其中有藏鏹無算遂以重金購居之由此與王公埒富火齊木難之類皆蓄焉得一鏡背有鳳細環水雲湘妃之圖光射里餘鬚眉皆可數佳人一照則影留其中磨之不能滅也若改妝重照或更一美人則前影消矣時肅府第三主絕美雅慕其名會主游崆峒乃往伏山中伺其下輿照之而歸設寘案上審視之見美人

在中拈巾微笑口欲言而波欲動喜而藏之年餘爲妻
所洩聞之肅府大怒收之追鏡去擬斬生大賂中貴人
使言於王曰王如見赦天下之至寶不難致也不然有
死而巳於王誠無所益王欲籍其家而徙之三主曰彼
巳窺我十死之不足解此玷不如嫁之王不許主閉戶
不食妃子大憂力言於王王乃釋生因命中貴意示生
生辭曰糟糠之妻不下堂寧死不敢承命王如聽臣自
贖傾家可也王怒復逮之妃召生妻入宮將鴆之既見
妻以珊瑚鏡臺納妃辭意溫惻妃悅之使參主主亦悅

之訂爲姊妹轉使諭生生告妻曰王侯之女不可以先
後論嫡庶也妻不聽歸修聘幣納王邸齎送者以千人
珍石寶玉之屬王家不能知其名王大喜釋生歸以主
嬪焉主仍懷鏡歸生一夕獨寢夢八王軒然入曰所贈
之物當見還也佩之既久耗人精血損人壽命生諾之
卽留宴飲八王辭曰自聆藥石戒杯中物已三年矣乃
以口齧生臂痛極而醒視之則核塊消矣後此遂如常
人

異史氏曰醒則猶人而醉則如鼈此酒人之大都也顧

鼈雖日習於酒狂乎而不敢忘恩不敢無禮於長者鼈
不過人遠哉若夫已氏則醒不如人而醉不如鼈矣古
人有龜鑑盍以爲鼈鑑乎乃作酒人賦賦曰有一物焉
陶情適口飲之則醺醺騰騰厥名爲酒其名最多爲功
已久以宴嘉賓以速父舅以促膝而爲懽以合巹而成
偶或以爲釣詩鉤又以爲掃愁帚故麴生頻來則騷客
之金蘭友醉鄉深處則愁人之逋逃藪糟邱之臺旣成
鴟夷之功不朽齊臣遂能一石學士亦稱五斗則酒固
以人傳而人或以酒醜若夫落帽之孟嘉荷鍤之伯倫

山公之倒其接䍠彭澤之漉以葛巾酣眠乎美人之側
也或察其無心濡首於墨汁之中也自以爲有神井底
臥乘船之士槽邊縛珥玉之臣甚至效鼈囚而玩世亦
猶非害物而不仁至如雨宵雪夜月旦花晨風定塵短
客舊妓新履舄交錯蘭麝香沉細批薄抹低唱淺斟忽
清商兮一奏則寂若兮無人雅謔則飛花粲齒高吟則
戛玉敲金總陶然而大醉亦魂清而夢眞果爾即一朝
一醉當亦名教之所不嗔爾乃嘈雜不韻俚辭並進坐
起讙譁呶呶成陣涓滴忿爭勢將投刃伸頸攢肴引杯

若鴆傾濤碎觥拂燈滅燼綠醑葡萄狼藉不斬病葉狂花觴政所禁如此情懷不如勿飲又有酒隔咽喉間不盈寸呐呐呢呢猶譏主吝坐不言行飲復不任酒客無品於斯爲甚甚有狂藥下客氣粗努石稜磔鬐鬚袒兩背躍雙趺塵蒙蒙兮滿面哇浪浪兮沾裾口狺狺兮亂吠髮蓬蓬兮若奴其籲地而呼天也如李郎之嘔其肝臟其揚手而擲足也如蘇相之裂於牛車舌底生蓮者不能窮其狀燈前取影者不能爲之圖父母前而受忤妻子弱而難扶或以父執之良友無端而受罵於灌夫婉言以警倍益眩瞑此名酒凶不可救拯唯有一術可以解酩厥術維何祇須一梃縶其手足與斬豕等止困其臀勿傷其頂捶至百餘豁然頓醒

邵女

柴廷賓太平人妻金氏不育有奇妒柴百金買妾金暴遇之經歲而死柴忿出獨宿數月不踐閨闥一日柴初度金卑辭莊禮爲丈夫壽柴不忍拒始通言笑金設筵內寢招柴柴辭以醉金華妝自詣柴所曰妾竭誠終日君即醉請一盞而別柴乃入酌酒話言妻從容曰前日

悏殺婢子今甚悔之何便讎忌遂無結髮情耶後請納金釵十二妾不汝瑕疵也柴益喜燭盡見跋遂止宿焉由此敬愛如初金便呼媒媪來囑爲物色佳媵而陰使遷延勿報已則故督促之如是年餘柴不能待徧囑戚好爲之購致得林氏之養女金一見喜形於色飲食共之脂澤花鈿任其所取然林故燕產不習女紅繡履之外須人而成金曰我家素勤儉非似王侯家買作畫圖看者於是授美錦使學製若嚴師誨弟子初猶訶罵繼以鞭楚柴痛切於心不能爲地而金之憐愛林尤倍於昔往往自爲妝束勻鉛黃焉但履跟稍有摺痕則以鐵杖擊雙彎髮少亂則批兩頰林不堪其虐自經死柴悲慘心目頗致怨懟妻怒曰我代汝教娘子有何罪過柴始悟其奸因復反目永絕琴瑟之好陰於別業修房闥思購麗人而別居之荏苒半載未得其人偶會友之葬見二八女郎光艷溢目停睇神馳女怪其狂顧秋波斜轉之詢諸人知爲邵氏邵貧士止此女少聰慧教之讀過目能了尤喜讀內經及冰鑑書父愛溺之有議昏者輒令自擇而貧富皆少所可故十七歲猶未字也柴得

其端末知不可圖然心低徊之又冀其家貧或可利動謀之數媼無敢媒者遂亦灰心無所復望忽有賈媼者以貨珠過柴柴告所願賂以重金曰止求一通誠意其成與否所勿責也萬一可圖千金不惜媼利其有諾之登門故與邵妻絮語睹女驚贊曰好个美姑姑假到昭陽院趙家姊妹何足數得又問壻家阿誰邵妻答尚未媼言若个娘子何愁無王侯作貴客也邵妻歎曰王侯家所不敢望只要个讀書種子便是佳耳我家小孽冤翻覆遴選十無一當不解是何意向媼曰夫人勿須煩惱恁个麗人不知前身修何福澤才能消受得昨一大笑事柴家郎君云於某家塋邊望見顏色願以千金爲聘此非餓鴟作天鵞想耶早被老身訶斥去矣邵妻微哂未荅媼曰便是秀才家難與校計若在別个失尺而得丈宜若可爲矣邵妻復笑不言媼撫掌曰果爾則爲老身計亦左也日蒙夫人愛登堂便促膝賜漿酒若得千金出車馬入樓閣老身再到門則閽者呵叱及之矣邵妻沉吟良久起而去與夫語移時喚其女又移時三人並出邵妻笑曰婢子奇特多少良匹悉不就聞爲賤

媵則就之但恐爲儒林笑也媪曰倘入門得一小哥子大夫人便如何耶言已告以別居之謀邵益喜喚女曰試同賈媪言之此汝自主張勿後悔致懟父母女靦然曰父母安享厚奉則養女有濟矣況自顧命薄若得嘉耦必減壽數少受折磨未必非福前見柴郎亦福相子孫必有興者媪大喜奔告柴喜出非望即置千金備輿馬娶女於別業家人無敢言者女謂柴曰君之計所謂燕巢於幕不謀朝夕者也塞口防舌以冀不漏何可得乎請不如早歸猶速發而禍小柴慮摧殘女曰天下無

不可化之人我苟無過怒由何起柴曰不然此非常之悍不可情理動者女曰身爲賤婢摧折其分不然買日爲活何可長也柴以爲是終躊躕而不敢決一日柴他往女青衣而出命蒼頭控老牝馬一嫗攜襆從之竟詣嫡所伏地自陳妻始而怒既念其自首可原又見容飾謙卑氣亦稍平乃命婢子出錦衣衣之曰彼薄倖人播惡於衆使我横被口語其實皆男子不義諸婢無行有以激之汝念背妻而立家室此豈復是人矣女曰細察渠亦稍悔之但不肯下氣耳諺云大者不伏下以禮論

妻之於夫猶子之於父庶之於嫡也夫人若肯假以辭色則積怨可以盡捐妻云彼自不來我何與焉即命婢媼爲之除舍心雖不樂亦暫安之柴聞女歸驚怛不已竊意羊入虎穴狼籍已不堪矣疾奔而至見家中寂然心始穩貼女迎門而勸令詣嫡所柴有難色女泣下柴意少納女往見妻曰郎適歸自慚無以見夫人乞夫人往一姍笑之也妻不肯行女曰妾已言之夫之於妻猶嫡之於庶孟光舉案而人不以爲諂何哉分在則然耳妻乃從之見柴曰汝狡兎三窟何歸爲柴俛不對女肘

之柴始強顏爲笑妻色稍霽將返女推柴從之又囑庖人備酌自是夫妻復和女早起青衣往朝盥已授帨執婢禮甚恭柴入其室苦辭之十餘夕始肯一納妻亦心賢之然自愧弗如積慚成忌但女奉侍謹無可蹈瑕或薄施訶譴女惟順受一夜夫妻小有反唇曉妝猶含盛怒女捧鏡鏡墮破之妻益恚握髮裂眥女懼長跽哀免怒不解鞭之至數十柴不能忍盛氣奔入曳女出妻呶呶逐擊之柴奪鞭反扑面膚綻裂始退由此夫妻若讎柴禁女勿往女弗聽早起膝行伺幕外妻搥牀怒罵叱

去不聽前日夜切齒將何柴出而後洩憤於女柴知之謝絕人事杜門不通弔慶妻無如何惟日撻婢以寄其恨下人皆不可堪自夫妻絕好女亦莫敢當夕柴於是孤眠妻聞之意亦稍安有大婢素狡黠偶與柴語妻疑其私暴之尤苦婢輒於無人處疾首怨罵一夕輪婢直宿女囑柴禁勿往曰婢面有殺機叵測也柴如其言招之來詐問何作奸婢驚懼無所措辭柴益疑撿其衣得利刃焉婢無言惟伏地乞死柴欲撻之女止之曰恐夫人聽聞此婢必無生理彼罪固不赦然不如鬻之既全

其生我亦得直焉柴然之會有買妾者急貨之妻以其不謀故罪柴益遷怒女詬罵益毒柴忿顧女曰皆汝自取前此殺却烏有今日言已而走妻怪其言徧詰左右並無知者問女女亦不言心益悶怒捉裾浪罵柴乃返以實告妻大驚向女溫語而心轉恨其言之不早柴以爲嫌卻盡釋不復作防適遠出妻乃召女而數之曰殺主者罪不赦汝縱之何心女造次不能以辭自達妻燒赤鐵烙女面欲毀其容婢媼皆爲之不平每號痛一聲則家人盡哭願代受死妻乃不烙以針刺脇二十餘下

始揮去之柴歸見面創大怒欲往尋之女捉襟曰妾明知火盆而故蹈之當嫁君時豈以君家爲天堂耶亦自顧命薄聊以洩造化之怒耳安心忍受尚有滿時若再觸焉是坎巳塡而復掘之也遂以藥糝患處數日尋愈忽攬鏡若喜曰君今日宜爲妾賀彼烙斷我晦紋矣朝夕事嫡一如往日金前見衆哭自知身同獨夫畧有愧悔之萌時時呼女共事辭色平善月餘忽病逆害飲食柴恨其不死畧不顧問數日腹脹如鼓日夜浸困女侍伺不遑眠食金益德之女以醫理自陳金自覺疇昔過

慘疑其怨報故謝之金爲人持家嚴整婢僕悉就約束自病後皆散誕無操作者柴躬自紀理劬勞甚苦而家中鹽米不食自盡由是慨然與中饋之思聘醫藥之金對人輒自言爲氣蠱以故醫脉之無不指爲氣鬱者凡易數醫卒罔効亦濱危矣又將烹藥女進曰此等藥百裹無益祗增劇耳金不信女暗撮別劑易之藥下食頃三遺病若失遂益笑女言妾呻而呼之曰女華陀今何如也女及羣婢皆笑金問故始實告之泣曰妾日受子之覆載而不知也今而後請雖家政聽子而行無何病

痊柴整設爲賀女捧壺侍側金自起奪壺曳與連肩愛異常情更闌女托故離席金遣二婢曳還之强與連榻自此事必商食必偕姊妹無其和也無何女產一男產後多病金親調視若奉其母後金患心痗痛起則面目皆青但欲覓死女急市銀針數枚比至則氣息瀕盡按穴刺之晝然痛止十餘日復發復刺過六七日又發雖應手奏效不至大苦然心常惴惴恐其復萌夜夢至一處似廟宇殿中鬼神皆動神問汝金氏耶汝罪過多端壽數合盡念汝改悔故僅降災以示微譴前殺兩姬此

其宿報至邵氏何罪而慘毒至此鞭撻之刑已有柴生代報可以相準所欠一烙二十三針今三次止償零數便望病除根耶明日又當作矣醒而大懼猶冀爲妖夢之誣食後果病其痛倍切女至刺之隨手而瘥疑曰技止此矣病本何以不拔請再灼之此非爛燒不可但恐夫人不能忍受金憶夢中語以故無難色然呻吟忍受之際默思欠此十九針不知作何變症不如一朝受盡庶免後苦炷盡求女再針女笑曰針豈可以泛常施耶金曰不必論穴但煩十九刺女大笑不可金請益堅起

跪榻上女終不忍實以夢告女乃約畧經絡刺之如數自此平復果不復病彌自懺悔臨下亦無戾色子名曰俊秀慧絕倫女每曰此子翰苑相也八歲有神童之目十五歲以進士授翰林是時夫婦年四十如夫人三十有二三耳輿馬歸寧鄉里榮之邵翁自鬻女後家暴富而士林羞與爲伍至是始有通往來者

異史氏曰女子狡妒天性然也而爲妾媵者又復炫美弄機以增其怒嗚呼禍所由來矣若以命自安以分自守百折而不移其志此豈梃刃所能加乎乃至於再拯

其死而始有悔悟萌嗚呼豈人也哉如數以償而不增之息亦造物之恕矣顧以仁術作惡報不亦傎乎每見愚夫婦抱疴終日即招無知之巫任其刺肌灼膚而不敢呻心嘗怪之至此始悟

閩人有納妾者夕入妻房不敢便去僞解屨作登榻狀妻曰去休勿作態夫尚徘徊妻正色曰我非似他家妒忌者何必爾爾夫乃去妻獨臥輾轉不得寐遂起往伏門外潛聽之但聞妾聲隱約不甚了了惟郎罷二字畧可辨識郎罷閩人呼父也妻聽踰刻痰而

踣首觸屏作聲夫驚起啟戶尸倒入呼妾火之則其妻也急扶灌之目略開即呻曰誰家郎能祓汝呼妒情可哂

鞏仙

鞏道人無名字亦不知何里人嘗求見魯王閽人不爲通有中貴人出揖求之中貴見其鄙陋逐去之已而復來中貴怒且逐且扑至無人處道人笑出黃金百兩煩逐者覆中貴爲言我亦不要見王但聞後苑花木樓臺極人間佳景若能導我一游生平足矣又以白金賂逐者其人喜反命中貴亦喜引道人自後宰門入諸景俱歷又從登樓上中貴方凭窗道人一推但覺身墮樓外有細葛綳腰懸於空際下視則高深暈目葛隱隱作斷聲懼極大號無何數監至駭極見其去地絕遠登樓共視則端繫樓上欲解援之則葛細不堪用力遍索道人已杳矣束手無計奏知魯王王詣大奇之命樓下藉茅鋪絮將因而斷之甫畢葛綳自絕去地乃不咫耳相與失笑王命訪道士所在聞館於尚秀才往問之則出游未復既遇於途遂引見王王賜宴坐便請作劇道士曰

臣草野之夫無他庸能旣承優寵敢獻女樂爲大王壽遂探袖中出美人置地上向王稽首已道士命扮瑤池宴本祝王萬年女子弔場數語道士又出一人自白王母少間董雙成許飛瓊一切仙姬次第俱出末有織女來謁獻天衣一襲金采絢爛光映一室王意其僞索觀之道士急言不可王不聽卒觀之果無縫之衣非人工所能製也道士不樂曰臣竭誠以奉大王暫而假諸天孫今爲濁氣所染何以還故主乎王又意歌者必皆仙姬思欲留其一二細視之則皆宮中樂伎耳轉疑此曲

非所夙諳問之果茫然不自知道士以衣置火燒之然後納諸袖中再搜之則已無矣王於是深重道士留居府內道士曰野人之性視宮殿如籓籠不如秀才家得自由也每至夜中必還其所時而堅留亦遂止宿輒於筵間顚倒四時花木爲戲王問曰聞仙人亦不能忘情果否對曰或仙人然耳臣非仙人故心如枯木矣一夜宿府中王遣少妓往視之入其室數呼不應燭之則瞑坐榻上搖之眸一閃即復合再搖之鼾聲作矣推之則應手而倒酣臥如雷彈其額硬迕指作鐵釜聲返以白

王王使剌以針針弗入推之重不可搖加十餘人舉擲牀下若千斤石墮地者旦而窺之仍眠地上醒而笑曰一場惡睡墜牀不覺耶後女子輩每於坐臥時按之以爲戲初按猶軟再按則鐵石矣道士舍尚秀才家恒終夜不歸尚鎖其戶及旦啟扉道士已臥室中初尚與曲妓惠哥善矢志嫁娶惠雅善歌絃索傾一時魯王聞其名召入供奉遂絕情好每繫念之苦無由通一夕問道士見惠哥否答言諸姬皆見但不知其誰何尚述其貌道其年道士乃憶之尚求轉寄一語道士笑曰我世外

人不能爲君塞鴻尚哀之不已道士展其袖曰必欲一見請入此尚窺之中大如屋伏身入則光明洞徹寬如廳堂几案牀榻無物不有居其內殊無悶苦道士入府與王對奕望惠哥至陽以袍袖拂塵惠哥已納袖中而他人不之睹也尚方獨坐凝想忽有美人自簷間墮視之惠哥也兩相驚喜綢繆臻至尚曰今日奇緣不可不誌請與卿聯之書壁上曰侯門似海久無蹤惠續云誰識蕭郎今又逢尚曰袖裏乾坤真箇大惠曰離人思婦盡包容書甫畢忽有五人入角冠淡紅衣認之都與無

素默然不言捉惠哥去尚驚駭不知所由道士既歸呼之出問其情事隱諱不以盡言道士微笑解衣反袂示之尚審視隱隱有字跡細裁如蟻葢即所題句也後十數日又求一入前後凡三入惠哥謂尚曰腹中震動妾甚憂之常以繫帛束腰際府中耳目較多倘一朝臨蓐何處可容兒啼煩與鞏仙謀見妾三叉腰時便一拯救尚諾之歸見道士伏地不起道士曳之曰所言予已了了但請勿憂君宗祧賴此一綫何敢不竭綿薄但自此不必復入我所以報君者原不在情私也後數月道士自外入笑曰攜得公子至矣可速把襁褓來尚妻最賢年近三十數胎而存一子適生女盈月而殤聞尚言驚喜自出道士探袖出嬰兒酣然若寐臍梗尚未斷也尚妻接抱始呱呱而泣道士解衣曰產血濺衣道門最忌今爲君故二十年故物一旦棄之尚爲易衣道士囑曰舊物勿棄卻燒錢許可療難產墮死胎尚從其言居之又久忽告尚曰所藏舊衲當留少許自用我死後亦勿忘也尚謂其言不祥道士不言而去入見王曰臣欲死王驚問之曰此有定數亦復何言王不信強留之手談

一局急起王又止之請就外舍從之道士趨臥視之已死王具棺木禮葬之尚臨哭盡哀始悟曩言先告之也遺衲用催產應如響求者踵接於門始猶以汚袖與之旣而翦領襟罔不效及聞所囑疑妻必有產厄斷血布如掌珍藏之會魯王有愛妃臨盆三日不下醫窮於術或有以尚告者立召入一劑而產王大喜贈白金綵緞良厚尚悉辭不受王問所欲曰臣不敢言再請頓首曰如推天惠但賜舊妓惠哥足矣王召之來問其年曰妾十八入府今十四年矣王以其齒加長命徧呼羣妓任

尚自擇尚一無所好王笑曰癡哉書生十年前訂昏嫁耶尚以實對乃盛備輿馬仍以所辭綵緞爲惠哥作妝送之出惠所生子名之秀生秀者袖也是時年十一矣日念仙人之恩清明則上其墓有久客川中者逢道人於途出書一卷曰此府中物來時倉猝未暇璧返煩寄去客歸聞道人已死不敢達王尚代奏之王展視果道士所借疑之發其冢空棺耳後尚子少殤賴秀生承繼益服鞏之先知云

異史氏曰袖裏乾坤古人之寓言耳豈眞有之耶抑何

其奇也中有天地有日月可以娶妻生子而又無催科之苦人事之煩則衲中蟣蝨何殊桃源雞犬哉設容人常住老於是鄉可耳

梅女

封雲亭大行人偶至郡晝臥寓室時年少喪偶岑寂之下頗有所思凝視間見牆上有女子影依稀如畫念必意想所致而久之不動亦不滅異之起視轉真再近之儼然少女容蹙舌伸索環秀頸驚顧未已冉冉欲下知爲縊鬼然以白晝壯膽不大畏怯語曰娘子如奇冤小

生可以極力影居然下曰萍水之人何敢遽以重務浼君子但泉下槁骸舌不得縮索不得除求斷屋梁而焚之恩同山岳矣諾之遂滅呼主人前問狀主人言此十年前梅氏故宅夜有小偷入室爲梅所執送詣典史典史受盜錢三百誣其女與通將拘審驗女聞自經後梅夫妻相繼卒宅歸於余客往往見怪異而無術可以靖之封以鬼言告主人計毀舍易楹費不貲故難之封乃協力助作既就而復居之梅女夜至展謝已喜色充溢姿態嫣然封愛悅之欲與懽戚然而慚曰陰慘之氣非

但不爲君利、若此之爲則生前之垢西江不濯矣會合有時今日尚未問何時但笑不言封問飲乎荅言不飲封曰、坐對佳人悶眼相看亦復何味女曰妾生平戲技惟諳打馬但兩人寥落夜深又苦無局今長夜莫遣聊與君爲交綫之戲封從之促膝戟指翻變良久封迷亂不知所從女輒口道而頤指之愈出愈幻不窮於術封笑曰、此閨房之絕技也女曰此妾自悟但有雙綫即可成文人自不之察耳更闌頗怠强使就寢曰我陰人不寐請君自休妾解按摩之術願盡技能以侑清夢封從

其請女疊掌爲之輕按自頂及踵皆遍手所經骨若醉旣而握指細擂如以團絮相觸狀體暢舒不可言擂至腰口目皆慵至股則沉沉睡去矣及醒日已向午覺骨節輕和殊於往日心益愛慕遶屋而呼之並無響應日夕女始至封曰卿居何所使我呼欲徧曰鬼無常所要在地下問地下有隙可容身乎曰鬼不見地猶魚不見水也封握腕曰使卿而活當破產購致之女笑云無須破產戲至半夜封苦逼之女曰君勿纏我有浙娼愛卿者新寓比鄰頗極風致明夕招與俱來聊以自代若何

封允之次夕與一少婦同至年近三十已來眉目流轉
隱含蕩意三人狎坐打馬爲戲局終女起曰嘉會方殷
我且去封欲挽之飄然已逝兩人登榻于飛甚樂詰其
世則含糊不以盡道但曰郎如愛妾當以指彈北壁微
呼曰壺盧子郎至三呼不應可知不暇勿更招也天曉
入北壁隙中而去次日女來封問愛卿女云被高公子
招去侑酒以故不得來因而翦燭共語女每欲有所言
吻已啟而輒止固詰終不肯言欷歔而已封強與爲戲
四漏始去自此二女頻來笑聲常徹宵旦因而城社悉

聞典史某亦浙之世族嫡室以私僕被黜繼娶顧氏深
相愛好期月夭殂心甚悼之聞封有靈鬼欲以問冥世
緣遂跨馬造封封初不肯承某力求不已封設筵與坐
諾爲之招鬼妓日既曛叩壁而呼三聲未已愛卿驟至
舉頭見客色變欲走封以身橫阻之某審視大怒投以
巨椀溘然而滅封大驚不解其故方將致詰俄暗室中
一老嫗出大罵曰貪鄙賊壞我家錢樹子三十貫索要
償也以杖擊某中顱某抱首而哀曰此顧氏我妻也少
年而殞方切哀痛不圖爲鬼不貞於姥乎何與嫗怒曰

汝本江浙一無賴賊買得條烏角帶鼻骨倒豎矣汝居
官有何黑白袖有三百錢便而翁也神怒人怨死期已
迫汝父母代哀冥司願以愛媳入青樓代汝償貪債不
知也耶言已又擊某宛轉哀鳴方驚詫無從救解旋見
梅女自房中出張目吐舌顏色變異近以長簪刺其耳
封驚極以身障客女憤不已封勸曰某即有罪倘死於
寓所則咎在小生請少存投鼠之忌女乃曳嫗曰暫假
餘息爲我顧封郎也某張皇鼠竄而去至署患頭痛中
夜遂斃次夜女出笑曰痛快惡氣出矣問何讎怨女曰

曩已言之受賄誣奸銜恨已久每欲浼君一爲昭雪自
愧無纖毫之德故將言而輒止適聞紛拏竊一伺聽不
意其讎人也封訝曰此即誣卿者耶曰彼典史於此十
有八年妾寃死十六寒暑矣問嫗爲誰曰老娼也又問
愛卿曰臥病耳因囅然曰妾昔謂會合有期今眞不遠
矣君嘗願破家相贖猶記否對曰今日猶此心也女曰
實告君妾歿日已投生延安展孝廉家徒以大怨未伸
故遷延於是請以新帛作鬼囊俾妾得附君以往就展
氏求婚計必允諧封慮勢分懸殊恐將不遂女曰但去

勿憂封從其言女囑曰途中慎勿相喚待合巹之夕以
囊挂新人首急呼曰勿忘勿忘封諾之纔啓囊女跳身
已入攜至延安訪之果有展孝廉生一女貎極端好但
病癡又常以舌出脣外類犬喘日年十六歲無問名者
父母憂念成痗封到門投刺具通族閥既退倩媒致辭
展喜贅封於家女癡絕不知爲禮使兩婢扶曳歸室羣
婢既去女解襟露乳對封憨笑封覆囊而呼之女停眸
審顧似有疑思封笑曰卿不識小生耶舉之囊而示之
女乃寤急掩襟喜共燕笑詰旦封入謁岳展慰之曰癡
女無知既承青眷君倘有意家中慧婢不乏僕不靳相
贈封力辯其不癡展疑之無何女至舉止皆佳因大驚
異女但嫣然微笑展細詰之女進退而慚於言封爲畧
述梗概展大喜愛悅逾於平時使子大成與壻同學供
給豐備年餘大成漸厭薄之因而郎舅不相能廝僕亦
刻疵其短展惑於浸潤禮稍懈女覺之謂封曰岳家不
可久居凡久居者盡闒茸也及今未大決裂宜速歸封
然之告展展欲畱女女不可父兄盡怒不給輿馬女自
出奩貲貰馬歸後展招令歸寧女固辭不往後封舉

孝廉始通慶好

異史氏曰官卑愈貪其常情然乎三百誣姦夜氣之牿亡盡矣奪嘉耦入青樓卒用暴死吁可畏哉

康熙甲子貝邱典史最貪詐民咸怨之忽其妻被狡者誘與偕亡或代懸招狀云某官因自己不慎走失夫人一名身無餘物止有紅綾七尺包裹元寶一枚翹邊細紋並無闕壞亦風流之小報也

郭秀才

東粵士人郭某暮自友人歸入山迷路竄榛莽中約更

許聞山頭笑語急趨之見十餘人藉地飲望見郭鬨然曰座中正欠一客大佳大佳郭既坐見諸客半儒巾便請指迷一人笑曰君眞酸腐舍此明月不賞何求道路郎飛一觥來郭飲之芳香射鼻一引遂盡又一人持壺傾注郭故善飲又復奔馳吻燥一舉一觴衆大贊曰豪哉眞吾友也郭放達喜謔能學禽言無不酷肖離座起溲竊作燕子鳴衆疑曰夜半何得此也耶又效杜鵑衆益疑郭坐但笑不言方紛議間郭回首爲鸚鵡鳴曰郭秀才醉矣送他歸也衆驚聽寂不復聞少頃又作之既

而悟其爲郭始大笑皆撮口從學無一能者一人曰可惜青娘子未至又一人曰中秋還集於此郭先生不可不來郭敬諾一人起曰客有絕技我等亦獻踏肩之戲若何於是譁然並起前一人挺身矗立卽有一人飛登肩上亦矗立累至四人高不可登繼至者攀肩踏臂如緣梯狀十餘人頃刻都盡望之可接霄漢方驚顧間挺然倒地化爲脩道一綫郭駭立良久遵道得歸翼日腹大痛溺綠色似銅青着物能染亦無溺氣三日乃已往驗故處則肴骨狼藉四圍叢莽並無道路至中秋郭欲赴約朋友諫止之

阿英

甘玉字璧人廬陵人父母早喪遺弟珏字雙璧始五歲從兄鞠養玉性友愛撫弟如子後珏漸長丰姿秀出又慧能文玉益愛之每曰吾弟表表不可以無良匹然簡拔過刻姻卒不就適讀書匡山僧寺夜初就枕聞窗外有女子聲窺之見三四女郎席地坐數婢陳肴酒皆殊色也一女曰秦娘子秦娘子阿英何不來下座者曰昨自函谷來被惡人傷其右臂不能同游方用恨恨一女

曰前宵一夢大惡今猶汗悸下座者搖手曰莫道莫道今夕姊妹懽會言之嚇人不快女笑曰婢子膽怯爾爾便有虎狼銜去耶若要勿言須歌一曲爲娘行侑酒女低吟曰閒堦桃花取次開昨日踏青小約未應乖囑付東鄰女伴少待莫相催着得鳳頭鞋子卽當來吟罷一座無不歎賞談笑間忽一偉丈夫岸然自外入鶻睛熒熒其貌獰醜衆啼曰妖至矣倉猝閧然殆如鳥散惟歌者婀娜不前被執哀啼強與支撐丈夫吼怒齕手斷指就便嚼食女郎踣地若死玉憐不可復忍乃急抽劍拔

關出揮之巾股股落負痛逃去扶女入室面如塵土血淋襟袖驗其指則右拇斷矣裂帛代裹之女始呻曰拯命之德將何以報玉自初窺時已隱爲弟謀因告以意女曰狠疾之人不能操箕帚矣當別爲賢仲圖之詰其姓氏荅言秦氏玉乃展衾俾暫休養自乃襆被他所曉而視之則牀上已空意其自歸而訪察近村殊少此姓廣託戚朋並無確耗歸與弟言悔恨若失珏一日偶游途野遇一二八女郎姿致娟娟顧之微笑似將有言因以秋波四顧而後問曰君甘家二郎耶曰然曰君家尊曾

與妾有昏姻之約何今日欲背前盟另訂秦家珏曰小生幼孤夙好都不曾聞請言族閥歸當問兄女曰無須細道但得一言妾當自至珏以未禀兄命爲辭女笑曰騃郎君遂如此怕哥子耶旣如此妾陸氏山東山望村三日內當候玉音乃別而去珏歸述諸兄嫂兄曰大謬語父歿時我二十餘歲倘有是說那得不聞又以其獨行曠野遂與男兒交語愈益鄙之因問其貌珏紅徹面頸不由一言嫂笑曰想是佳人玉曰童子何辨妍媸縱美必不及秦待秦氏不諧圖之未晚珏默而退踰數日

玉在途見一女子零涕前行垂鞭按轡而微睨之人世殆無其匹使僕詰焉答曰我舊許甘家二郎因家貧遠徙遂絕耗問近方歸復聞郎家二三其德背其前盟往問伯伯甘璧人焉置妾也玉驚喜曰甘璧人卽我是也先人曩約實所不知去家不遠請卽歸謀乃下騎授轡步御以歸女自言小字阿英家無昆季惟外姊秦氏同居始悟麗者所言卽其人也玉欲告諸其家女固止之竊喜弟得佳婦然恐其佻達招議久之女殊矜莊又嬌婉善言母事嫂嫂亦雅愛慕之値中秋夫妻方狎宴嫂

苦招之玨意悵惘女遣招者先行約以繼至而端坐笑言良久殊無去意玨恐嫂待故促之女但笑卒不復去質旦晨妝甫竟嫂自來撫問夜來相對何爾怏怏女微哂之玨覺有異質對參差嫂大駭苟非妖物何得有分身術玉亦懼隔簾而告之曰家世積德曾無怨讎如其妖也請速行幸勿殺吾弟女靦然曰妾本非人祇以阿翁夙盟故秦家姊以此勸駕自分不能育男女嘗欲辭去所以戀戀爲兄嫂待我不薄耳今既見疑請從此訣轉眼化爲鸚鵡翩然逝矣初甘翁在時畜一鸚鵡甚慧嘗自投餌玨時四五歲問飼鳥何爲父戲曰將以爲汝婦間慮鸚鵡乏食則呼玨云不將餌去餓死媳婦矣家人亦皆以此相戲後斷鎖亡去始悟舊約卽此也然玨明知非人而思之不置嫂懸情尤切旦夕啜泣玉悔之而無如何後二年爲弟聘姜氏女意終不自得有表兄爲粵司李玉往省之久不歸適土寇爲亂近村里落半爲邱墟玨大懼挈家避難山谷上男女頗雜都不知其誰何忽聞女子小語絕類英嫂促玨近驗之果英玨喜極捉臂不釋女乃謂同行者曰姊且去我望嫂嫂來旣

至嫂望見悲哽女慰勸再三又謂此非樂土因勸令歸衆懼寇至女固言不妨乃相將俱歸女撮土攔戶囑安居勿出坐數語反身欲去嫂急握其腕又令兩婢捉左右足女不得已止焉然不甚歸私室珏訂之三四始爲之一往嫂每謂新婦不能當叔意女遂早起爲姜理妝梳竟細勻鉛黃人視之豔增數倍如此三日居然麗人嫂奇之因言我又無子欲購一妾姑未遑暇不知婢輩可塗澤否女曰無人不可轉移但質美者易爲力耳遂徧相諸婢惟一黑醜者有宜男相乃喚與洗濯已而以

濃粉雜藥末塗之如是三日面色漸黃四七後脂澤沁入肌理居然可觀日惟閉門作笑並不計及兵火一夜噪聲四起舉家不知所謀俄門外人馬鳴動紛紛俱去既明始知村中焚掠殆盡盜縱羣隊窮搜凡伏匿巖穴者悉被殺擄遂益德女目之以神女忽謂嫂曰妾此來徒以嫂義難忘聊分離亂之憂阿伯行至妾在此如諺所云非李非柰可笑人也我姑去當乘間一相望耳嫂問行人無恙乎曰途中有大難此無與他人事秦家姊受恩奢意必報之固當無妨嫂挽之過宿未明已去玉

自東粵歸闖亂兼程進途遇寇主僕棄馬各以金束腰間潛身叢棘中一秦吉了飛集棘上展翼覆之視其足缺一指心異之俄而羣盜四合繞莽尋之殆遍二人氣不敢息盜既散鳥始翔去既歸各道所見始知秦吉了卽所救鸝者也後值玉他出不歸英必暮至計玉將歸則蚤去珏或會於嫂所間邀之則諾而不赴一夕玉他往珏意英必至潛伏候之未幾英果來暴起要遮而歸於室女曰妾與君情緣已盡强合之恐爲造物所忌少留有餘時作一面之會何如珏不聽卒與狎天明詣嫂嫂怪之女笑云中途爲强寇所刼勞嫂懸望矣數語趨出居無何有巨貓銜鸚鵡經寢門過嫂駭絕固疑是英時方沐輟洗急號羣起譟擊始得之左翼沾血奄存餘息抱置膝頭撫摩良久始漸醒自以喙理其翼少選飛遶室中呼曰嫂嫂別矣吾怨珏也振翼遂去不復來

牛成章

牛成章江西之布商也娶鄭氏生子女各一牛三十三歲病死子名忠時方十二女八九歲而已母不能貞貨產入囊改醮而去遺兩孤難以存濟有牛從嫂年已六

衰貧寡無歸遂與居處數年嫗死家益替而忠漸長思繼父業而苦無貲妹適毛姓毛富賈也女哀壻假數十金付兄兄從人適金陵途中遇寇資斧盡喪飄蕩不能歸偶趨典肆見主肆者絕類其父出而潛察之姓字皆符駭異不諭其故惟日流連其傍以窺意旨而其人亦畧不顧問如此三日覘其言笑舉止真父無訛即又不敢拜識乃自陳於羣小求以同鄉之故進身爲傭立券已主人視其里居姓名似有所動問所從來忠泣訴父名主人悵然若失久之問而母無恙乎忠又不敢謂父死婉應曰我父六年前經商不返母醮而去幸有伯母撫育不然葬溝瀆久矣主人慘然曰我即是汝父也於是握手悲哀又導入參其後母後母姬年三十餘無出得忠喜設宴寢門牛終欷歔不樂即欲一歸故里妻慮肆中乏人故止之牛乃率子經理肆務居之三月乃以諸籍委子趨裝西歸既別忠實以父死告母姬乃大驚言彼負販於此曩所與交好者畱作當商娶我已六年矣何言死耶忠又細述之相與疑念不喻其由踰一晝夜而牛已返攜一婦入頭如蓬葆忠視之則其所生母

也牛摘耳頓罵何棄吾兒婦懾伏不敢少動牛以口齕其項婦呼忠曰兒救吾兒救吾忠大不忍橫身蔽隔其間牛猶忿怒婦已不見衆大驚相譁以鬼旋視牛顏色慘變委衣於地化爲黑氣亦尋滅矣母子駭歎舉衣冠而瘞之忠席父業富有萬金後歸家問之則嫁母於是日死一家皆見牛成章云

青娥

霍桓字匡九晉人也父官縣尉早卒遺生最幼聰慧絕人十一歲以神童入泮而母過於愛惜禁不令出庭戶

年十三歲尚不能辨伯叔甥舅焉同里有武評事者好道入山不返有女青娥年十四美異常倫幼時竊讀父書慕何仙姑之爲人父既隱立志不嫁母無奈之一日生於門外瞥見之童子雖無知祇覺愛之極而不能言直告母使委禽焉母知其不可故難之生鬱鬱不自得母恐拂兒意遂託往來者致意武果不諧生行思坐籌無以爲計會有一道士在門手握小鑱長裁尺許生借閱一過問將何用答云斸藥之具物雖微堅石可入生未深信道士即以斫牆上石應手落如腐生大異之把

玩不釋於手道士笑曰公子愛之即以奉贈生大喜酬之以錢不受而去持歸歷試磚石畧無隔閡頓念穴牆則美人可見而並不知其非法也更定踰垣而去直至武第凡穴兩重垣始達中庭見小廂中尚有燈火伏窺之則青娥卸晚妝矣少頃燭滅寂無聲穿牖入女已熟眠輕解雙履悄然登榻又恐女郎驚覺必遭訶逐遂潛伏繡衾之側畧聞香息心願竊慰而半夜經營疲殆頗甚少一合眸不覺睡去女醒聞鼻氣休休開目見穴隙亮入大駭急起暗搖婢醒拔關輕出敲窻喚家人婦共

爇火操杖以往見一總角書生酣眠繡榻細審視爲霍生推之始覺遽起目灼灼如流星似亦不大畏懼但靦然不作一語衆指爲賊恐呵之始出涕曰我非賊實以愛娘子故願一近芳澤耳衆又疑穴數重垣非童子所能者生出鑱以言其異共試之駭絕詫爲神授將共告諸夫人女俛首沉思意似不以爲可衆窺知女意因曰此子聲名門地殊不辱玷不如縱之使去俾復求媒焉詰旦假盜以告夫人如何也女不荅衆乃促生行生索鑱共笑曰騃兒童猶不忘凶器耶生覷枕邊有鳳釵一

股陰納袖中已爲婢子所窺急白之女不言亦不怒一媪拍頸曰莫道他騃若小意念乖絕也乃曳之仍自實中出既歸不敢實告母但囑母復媒致之母不忍顯拒惟遍託媒氏急爲別覓良姻青娥知之中情皇急陰使腹心風示媪媪悅託媒往會小婢漏泄前事武夫人辱之不勝恚憤媒至益觸其怒以杖畫地罵生並及其母媒懼竄歸具述其狀生母亦怒曰不肖兒所爲我都懵懵何遂以無禮相加當交股時何不將蕩兒淫婦一併殺卻由是見其親屬輒便披訴女聞媿欲死武夫人大

悔而不能禁之使勿言也女陰使人婉致生母且矢之以不他其辭悲切母感之乃不復言而論親之謀亦遂輟矣會秦中歐公宰是邑見生文深器之時召入內署極意優寵一日問生婚乎荅言未細詰之對曰夙與故武評事小女有盟約後以微嫌遂致中寢問猶願之否生靦然不言公笑曰我當爲子成之卽委縣尉教諭納幣於武夫人喜婚乃定踰歲娶女歸入門乃以鑱擲地曰此寇盜物可將去生笑曰勿忘媒妁珍佩之恒不去身女爲人溫良寡默一日三朝其母餘惟閉門寂坐不

甚留心家務母或以弔慶他往則事事經紀罔不井井二年餘女生一子孟仙一切委之乳保似亦不甚顧惜又四五年忽謂生曰懽愛之緣於茲八載今離長會短可將柰何生驚問之即已默默盛妝拜母返身入室追而詰之則仰眠榻上而氣絕矣母子痛悼購材而葬之母已衰邁每每抱子思母如摧肺肝由是遘疾遂憊不起逆害飲食但思魚羹而近地無魚百里外始可購致時廝騎皆被差遣生性純孝急不可待懷貲獨往晝夜無停趾返至山中日已沉冥兩足跛踦步不能咫後一

叟至問曰足得毋泡乎生唯唯叟便曳坐路隅敲石取火以紙裹藥末熏生兩足訖試使行不惟痛止兼益嬌健感極申謝叟問何事汲汲荅以母病因歷道所由叟問何不另娶荅云未得佳者叟遙指山村曰此處有一佳人倘能從我去僕當為君作伐生辭以母病待魚姑不遑暇叟乃拱手約以異日入村但問老王乃别而去生歸烹魚獻母畧進數日尋瘳乃命僕馬往尋叟至舊處迷村所在周章踰時夕暾漸墜山谷甚雜又不可以極望乃與僕分上山頭以瞻里落而山路崎嶇不可復

騎跛履而上昧色籠煙矣蹀躞四望更無村落方將下山而歸途已迷心中燥火如燒荒竄閒冥墮絕壁幸數尺下有一綫荒臺墜臥其上濶僅容身下視黑不見底懼極不敢少動又幸崖邊皆生小樹約體如欄定移時見足傍有小洞口心竊喜以背着石蠕行而入意稍穩冀天明可以呼救少頃深處有光如星點漸近之約二三里許忽睹廊舍並無釭燭而光明若晝一麗人自房中出視之青娥也見生驚曰郎何能來生不暇陳把手嗚惻女勸止之問母及兒生悉述苦況女亦慘然生曰

卿死年餘此得毋冥間耶女曰非也此乃仙府曩實非死所瘞一竹杖耳郎今來仙緣有分也因導令朝父則一修髯丈夫坐堂上生趨拜女白霍郎來翁驚起握手畧道平素曰壻來大好分當畱此生辭以母望不能久畱翁曰我亦知之但遲三數日卽亦何傷乃餌以肴酒卽令婢設榻於西堂施錦裀焉生旣退曳女同寢女郤之曰此何處可容狎褻生捉臂不捨牕外婢子笑聲嗤然女益慚方爭拒間翁入叱曰俗骨汚吾洞府宜卽去生素負氣愧不可忍作色曰兒女之情人所不免長者

何當窺伺我無難即去但令女須便將隨翁無辭招女隨之啟後戶送之賺生離門父子闔扉去回頭則峭壁巉巖無少隙縫隻影煢煢罔所歸適視天上斜月高揭星斗已稀悵悵良久悲已而恨面壁叫號迄無應者憤極腰中出鑱鑿石攻進且攻且罵瞬息洞入三四尺許隱隱聞人語曰孽障哉生奮力鑿益急洞底豁開二扉推娥出曰可去可去壁即復合女怨曰既愛我為婦豈有待丈人如此者是何處老道士授汝凶器將人纏混欲死生得女意願已慰不復置辯但憂路險難歸女折

兩枝各跨其一即化為馬行且駛俄頃至家時失生已七日矣初生之與僕相失也覓之不得歸而告母母遣人窮搜山谷並無蹤緒正憂惶無所聞子歸懽喜承迎舉首見婦幾駭絕生畧述之母益忻慰女以形跡詭異慮駭物聽求母播遷母從之異郡有別業刻期徙往人莫之知偕居十八年生一女適同邑李氏後母壽終女謂生曰吾家茅田中有雉抱八卵其地可葬汝父子扶櫬歸窆兒已成立宜即留守廬墓無庸復來生從其言葬後自返月餘孟仙往省之而父母俱杳問之老奴則

云赴葬未還心知其異浩歎而已孟仙文名甚譟而困於塲屋四旬不售後以拔貢入北闈遇同號生年可十七八神采俊逸愛之視其卷註順天廩生霍仲仙瞪目大駭因自道姓名仲仙亦異之便問鄉貫孟悉告之仲仙喜曰弟赴都時父囑文塲中如逢山右霍姓者吾族也宜與欵接今果然矣顧何以名字相同如此孟仙因詰高曾並嚴慈姓諱已而驚曰是我父母也仲仙疑年齒之不類孟仙曰我父母皆仙人何可以貌信其年歲乎因述往跡仲仙始信塲後不暇休息命駕同歸纔到

門家人迎告是夜失太翁及夫人所在兩人大驚仲仙入而詢諸婦婦言昨夕尚共杯酌母謂汝夫婦少不更事明日大哥來吾無慮矣早旦入室則闃無人矣兄弟聞之頓足悲哀仲仙猶欲追覓孟仙以爲無益乃止是科仲領鄉薦以晉中祖墓所在從兄而歸猶冀父母尚居人間隨在探訪而終無踪蹟矣

異史氏曰鑽穴眠榻其意則癡鑿壁罵翁其行則狂仙人之撮合之者惟欲以長生報其孝耳然既混迹人間狎生子女則居而終焉亦何不可乃三十年而屢棄其

子抑獨何哉異已

鴉頭

諸生王文東昌人少誠篤薄游於楚過六河休於旅舍閒步門外里戚趙東樓大賈也常數年不歸見王執手甚懽便邀臨存至其所有美人坐室中愕怪卻步趙曳之又隔窗呼妮子去王乃入趙具酒饌話溫涼王問此何處所荅云此是小勾欄余久客暫假牀寢話間妮子頻來出入王跼促不安離席告别趙强捉令坐俄見一少女經門外過望見王秋波頻顧眉目含情儀度嫻婉實神仙也王素方直至此惘然若失便問麗者何人趙曰此媼次女小字鴉頭年十四矣纏頭者屢以重金啗媼女執不願致母鞭楚女以齒穉哀免今尚待聘耳王聞言俯首默然癡坐酬應悉乖趙戲之曰君倘垂意當作冰斧王憮然曰此念所不敢存然日向夕絶不言去趙又戲請之王曰雅意極所感佩囊澁柰何趙知女性激烈必當不允故許以十金爲助王拜謝趨出罄貲而至得五數强趙致媼媼果少之鴉頭言於母曰母日責我不作錢樹子今請得如母所願我初學作人報母有

日勿以區區故卻財神去媼以女性拗但得允從即甚懽喜遂諾之使婢邀王郎趙難中悔加金付媼王與女懽愛甚至既謂王曰妾煙花下流不堪匹敵既蒙繾綣義即至重若傾囊博此一宵懽明日何如王泫然悲哽女曰勿悲妾委風塵實非所願顧未有敦篤可託如君者請以宵遁王喜遽起女亦起聽譙鼓已三下矣女急易男裝草草偕出叩主人扉王故從雙衛托以急務命僕便發女以符繫僕股並驢耳上縱轡極馳目不容啟耳後但聞風鳴平明至漢江口稅屋而止王驚其異女

曰言之得無懼乎妾非人狐耳母貪淫日遭虐遇心所積懣今幸脫苦海百里外即非所知可幸無恙王畧無疑貳從容曰室對芙蓉家徒四壁實難自慰恐終見棄置女曰何爲此慮今市貨皆可居三數口淡薄亦可自給可鬻驢子作貲本王如言即門前設小肆王與僕人躬同操作賣酒販漿其中女作披肩剌荷囊日獲贏餘飲膳甚優積年餘漸能蓄婢媼王自是不著犢鼻但課督而已女一日悄然忽悲曰今夜合有難作柰何王問之女曰母已知妾消息必見凌逼若遣姊來吾無憂恐

母自至耳夜已央自慶曰不妨阿姊來矣居無何妮子
排闥入女笑逆之妮子罵曰婢子不羞隨人逃匿老母
令我縛去即出索子繫女頸女怒曰從一者得何罪妮
子益忿捽女斷襟家中婢媪皆集妮子懼奔出女曰姊
歸母必自至大禍不遠可速作計乃急辦裝將更播遷
媪忽掩入怒容可掬曰我故知婢子無禮須自來也女
迎跪哀啼媪不言揪髮提去王徘徊愴惻眠食都廢急
詣六河冀得賄贖至則門庭如故人物已非問之居人
俱不知其所徙悼喪而返於是俵散客旅囊貲東歸後

數年偶入燕都過育嬰堂見一兒七八歲僕人怪似其
主反復凝注之王問看見何故僕笑以對王亦笑細視
兒風度磊落自念乏嗣因其肖己愛而贖之詰其名自
稱王孜王曰子棄之襁褓何知姓氏曰本師嘗言得我
時胸前有字書山東王文之子王大駭曰我即王文烏
得有子念必同己姓名者心竊喜甚愛惜之及歸見者
不問而知爲王生子孜漸長孔武有力喜田獵不務生
産樂鬭好殺王亦不能箝制之又自言能見鬼狐悉不
之信會里中有患狐者請孜往覘之至則指狐隱處令

數人隨指處繫之即聞狐鳴毛血交落自是遂安由是人益異之王一日游市廛忽遇趙東樓巾袍不整形色枯黯驚問所來趙慘然請間王乃偕歸命酒趙曰媪得鴉頭橫施楚掠既北徙又欲奪其志女矢死不二因囚置之生一子棄諸曲巷聞在育嬰堂想已長成此君遺體也王出涕曰天幸孽兒已歸因述本末問君何落拓至此歎曰今而知青樓之好不可過認眞也夫何言先是媪北徙趙以負販從之貨重難遷者悉以賤售途中脚直供億繁費不貲因大虧損妮子索取尤奢數年萬

金蕩然媪見牀頭金盡旦夕加白眼妮子漸寄貴家宿恒數夕不歸趙憤激不可耐然無柰之適媪他出鴉頭自窗中呼趙曰勾欄中原無情好所綢繆者錢耳君依戀不去將掇奇禍趙懼如夢初醒臨行竊往視女女授書使達王趙乃歸因以情爲述之即出鴉頭書書云知孜兒已在膝下矣妾之厄難東樓君自能緬悉前世之孽夫何可言妾幽室之中暗無天日鞭創裂膚飢火煎心易一晨昏如歷年歲君如不忘漢上雪夜單衾迭互煖抱時當與兒謀必能脫妾於厄母姊雖忍要是骨肉

但囑勿致傷殘是所願耳王讀之泣不自禁以金帛贈趙而去時孜年十八矣王爲述前後因示母書孜怒眥欲裂卽日赴都詢吳媼居則車馬方盈孜直入妮子方與湖客飲望見孜持刃變色孜驟進殺之賓客大駭以爲寇及視女尸已化爲狐孜持刃逕入見媼督婢作羹孜奔近室門媼忽不見孜四顧急抽矢望屋梁射之一狐貫心而墮遂決其首尋得母所投石破扃母子各失聲母問媼曰已誅之母怨曰兒何不聽吾言命持葬郊野孜僞諾之剝其皮而藏之檢媼箱篋盡卷金貨奉母

而歸夫婦重諧悲喜交至旣問吳媼孜言在吾囊中驚問之出兩革以獻母怒罵曰忤逆兒何得爲此號慟自撾轉側欲死王極力撫慰叱兒瘞革孜忿曰今得安樂所頓忘撻楚耶母益怒啼不止孜葬皮反報始稍釋王自女歸家益盛心德趙報以巨金趙始知媼母子皆狐也孜承奉甚孝然悞觸之則惡聲暴吼女謂王曰兒有拗筋不剌去之終當殺人傾產夜伺孜睡潛縶其手足孜醒曰我無罪母曰將醫汝其勿苦孜大叫轉側不可開女以巨針刺踝骨側深三四分許用力掘斷崩然有

聲又於肘間腦際並如之巳乃釋縛拍令安臥天明奔候父母涕泣曰兒早夜憶昔所行都非人類父母大喜從此溫和如處女鄉里賢之

異史氏曰妓盡狐也不謂有狐而妓者至狐而鴇則獸而禽矣滅理傷倫其何足怪至百折千磨之死靡他此人類所難而乃於狐也得之乎唐君謂魏徵更饒嫵媚吾於鴇頭亦云

余德

武昌尹圖南有別第嘗爲一秀才稅居半年來亦未嘗

過問一日遇諸其門年最少而容儀裘馬翩翩甚都趨與語卽又蘊藉可愛異之歸語妻妻遣婢托遺問以窺其室室有麗姝美豔逾於仙人一切花石服玩俱非耳目所經尹不測其何人詣門投謁適值他出翼日卽來荅拜展其刺呼始知余姓德名語次細審官閥言殊隱約固詰之則曰欲相還往僕不敢自絕應知非寇竊逋逃者何須逼知來歷尹謝之命酒欵宴言笑甚懽向暮有兩崑崙捉馬挑燈迎導以去明日折簡報主人尹至其家見屋壁俱用明光紙裱潔如鏡金狻猊爇異香一

碧玉瓶插鳳尾孔雀羽各二各長二尺餘一水晶瓶浸粉花一樹不知何名亦高二尺許垂枝覆几外葉疎花密含苞未吐花狀似溼蝶斂翼蒂即如鬚莛間不過八簋而豐美異常既命童子擊鼓催花爲令鼓聲既動則瓶中花顫顫欲折俄而蝶翅漸張既而鼓歇淵然一聲蒂鬚頓落即爲一蝶飛落尹身余笑起飛一巨觥酒方引滿蝶亦颺去頃之鼓又作兩蝶飛集余冠余笑云作法自斃矣亦引二觥三鼓既終花亂墮翩翻而下惹袖沾襟鼓僮笑來指數尹得九籌余四籌尹已薄醉不能

盡籌強引三爵離席亡去由是益奇之然其爲人寡交與每闔門居不與國人通弔慶尹逢人輒宣播聞其異者爭交懽余門外冠蓋常相望余頗不耐忽辭主人去去後尹入其家空庭灑掃無纖塵燭淚堆擲青堦下窗間零帛斷線指印宛然惟舍後遺一小白石缸可受石許尹攜歸貯水養朱魚經年水清如初貯後爲傭保移石悞碎之水蓄並不傾瀉視之缸宛在捫之虛耎手入其中則水隨手瀉出其手則復合冬月亦不冰一夜忽結爲晶魚遊如故尹畏人知常置密室非子壻不以示

也久之漸播索玩者紛錯於門臘夜忽解爲水陰溼滿
地魚亦渺然其舊缸殘石猶存忽有道士踵門求之尹
出以示道士曰此龍宮蓄水器也尹述其破而不洩之
異道士曰此缸之魂也殷殷然乞得少許問其何用曰
以屑合藥可得永壽予一片懽謝而去

聊齋志異卷七終